*Collection "Patrie"*

TEDDY HOOCKINS

# LA DÉLIVRANCE DE LILLE

**40 c.**
Le récit complet illustré.

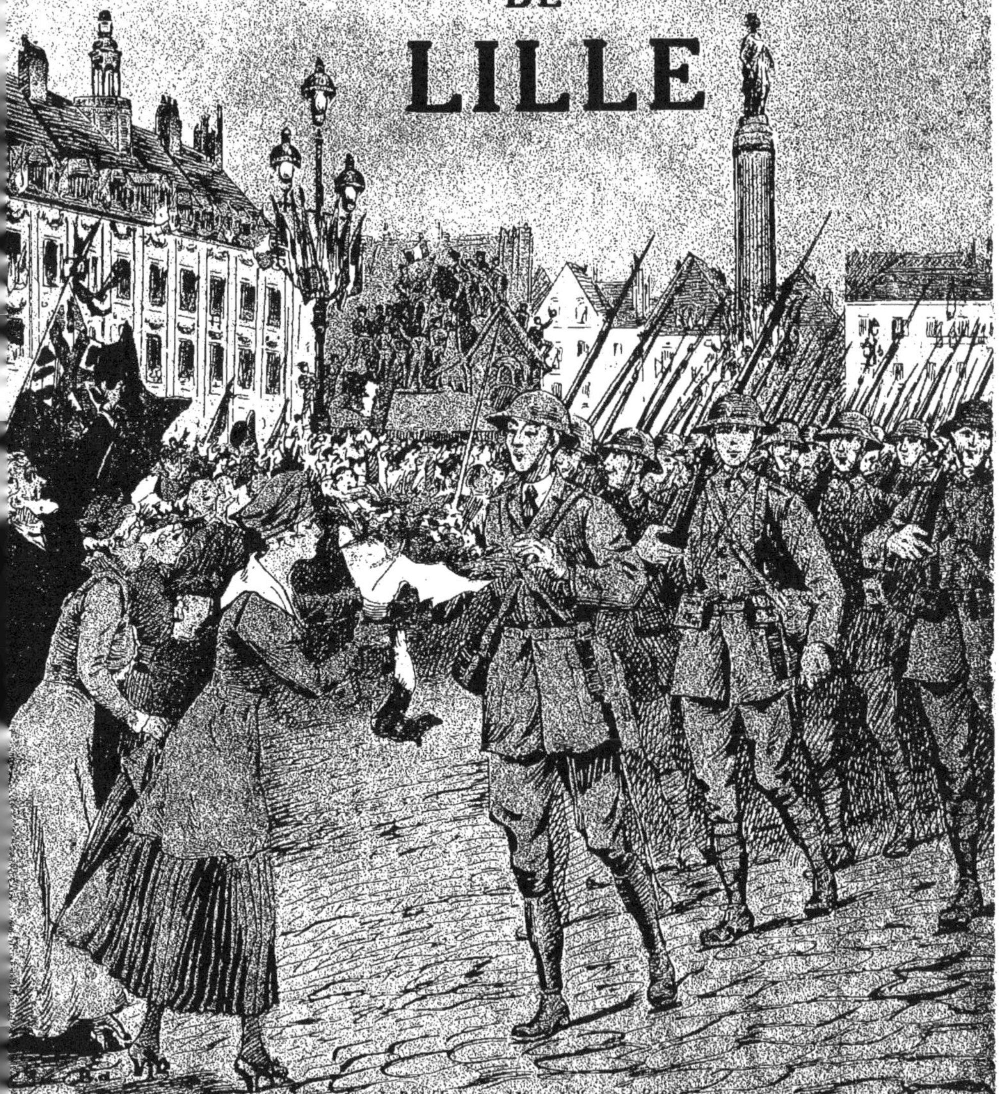

J. ROUFF, Éditeur, 148, rue [illegible] PARIS

# LA DÉLIVRANCE
## DE
## LILLE

§

## Les espoirs de Willie Simpson

L E 1er octobre 1918, à l'aube, un train de permissionnaires anglais retournant au front s'arrêtait dans une petite gare voisine de Béthune et soigneusement camouflée, et une foule de Tommies sautaient sur le quai, se préparant à rejoindre, aux tranchées, leurs unités respectives.

Parmi eux, un jeune lieutenant, grand, bien découplé, au visage imberbe et au teint rosé, semblait chercher quelqu'un du regard, quand il se retourna, soudain, en entendant une voix amicale, qui clamait :

— Hallo! Willie!...

Il aperçut alors, au seuil d'une baraque en planches faisant office de bureau, un officier du même grade et sensiblement du même âge que lui.

Sans doute, était-ce là celui qu'il cherchait, car un bon sourire éclaira sa face juvénile, tandis qu'il s'avançait, la main tendue, vers l'officier qui l'avait ainsi interpellé.

— Good morning, Charlie, dit-il en échangeant avec son camarade un vigoureux shake-hand. Votre santé est satisfaisante, je présume; et je constate avec plaisir que votre gare est encore debout.

— L'homme et la gare sont en bon état, mon cher garçon, répondit Charlie; mais ce n'est pas la faute des Huns, car ils n'ont pas

ménagé leurs obus dans cette direction. Fort heureusement, ils ont, jusqu'à présent, manqué leur but.

— Et je souhaite de grand cœur qu'ils continuent à être aussi maladroits, répliqua Willie...

— Merci, cher vieux garçon, sourit Charlie... mais parlons de vous, de votre permission, de votre famille...

— Mes parents sont en bonne santé et m'ont chargé de vous transmettre leurs cordiales amitiés. Mon père a reçu, par la Hollande, des nouvelles de Lille...

En prononçant ces derniers mots, Willie avait légèrement rougi et sa voix avait un peu tremblé. Il s'interrompit durant quelques secondes, comme pour maîtriser une émotion soudaine, puis reprit, d'un ton plus assuré:

— La fabrique est en bon état, grâce au courage et au dévouement de Nelly, qui a tenu tête aux Barbares, durant ces quatre ans, avec une énergie extraordinaire, et mon père est si content qu'il ne s'oppose plus à mon mariage avec elle...

— Hip! hip! hurrah! s'exclame Charlie à ces paroles, avec un enthousiasme sincère.

C'est que Charlie Sarford était l'ami intime et le confident de Willie Simpson. Avant que le premier eût été désigné pour exercer, dans cette gare du front britannique, des fonctions analogues à celles des commissaires de gares régulatrices du front français, les deux officiers avaient vécu ensemble dans la tranchée, partageant les mêmes misères et les mêmes dangers, et y avaient lié une étroite amitié.

Au cours de ces heures d'une mortelle longueur, les deux jeunes gens avaient causé, s'étaient conté leur existence passée et s'étaient confié leurs rêves d'avenir.

C'était ainsi que Charlie avait connu l'histoire des amours de Willie Simpson et de Nelly Targett.

En 1914, Willie était employé chez son père, riche manufacturier de Liverpool, lequel avait des succursales dans le monde entier et, notamment, à Lille. Dans le même bureau que le jeune homme, travaillait une petite dactylographe, aux cheveux d'or et au teint de rose, dont l'éclatante beauté avait fait sur Willie une vive impression.

Un flirt, tout d'abord assez anodin, s'ébaucha, et Willie découvrit bientôt avec ravissement que Nelly Targett avait, par surcroît, une âme délicate et un esprit élevé. Dans ces conditions, il arriva ce qui était à prévoir; devenu éperdument amoureux de la petite dactylo, le fils du riche négociant résolut de l'épouser.

Mais Mr. Simpson père se fâcha tout rouge; il avait rêvé, pour son unique héritier, une union infiniment plus brillante et le mariage projeté allait à l'encontre de ses désirs.

Il songea, tout d'abord, à éloigner son fils ; mais la présence de Nelly, dans ses bureaux, lui était insupportable. Trop juste cependant pour la renvoyer et sachant qu'elle n'avait d'autres moyens d'existence que ses appointements, il résolut élégamment le problème en lui donnant de l'avancement et en l'expédiant, avec des émoluments supérieurs, dans sa succursale de Lille. Connaissant le proverbe français qui dit que « les absents ont toujours tort », il espérait bien que Willie oublierait son amourette lorsque l'objet de cette amourette serait sur le continent.

Nelly venait d'arriver à Lille, lorsque la guerre survint. Les bureaux et la fabrique furent abandonnés par tout le personnel d'employés et d'ouvriers, soit que les uns fussent mobilisés, soit que les autres se fussent enfuis devant la menace de l'invasion.

La jeune fille resta seule, se refusant, malgré les objurgations de ses parents et de ses amis, à quitter son poste et bien décidée à sauver, en tenant tête aux envahisseurs, tout ce qui pourrait être sauvé.

Cette conduite avait déjà fait germer, dans le cœur de Mr. Simpson père, un vif sentiment d'admiration. Lorsque Willie s'était enrôlé, l'un des premiers, dans l'armée britannique, il ne lui avait pas défendu d'espérer dans l'avenir. Et on a vu que maintenant, ayant appris avec quelle énergie la jeune fille avait agi, il avait consenti de grand cœur au mariage projeté, qui devait se faire dès que Lille serait libérée...

Aussi, Willie Simpson éprouvait-il une immense joie, mêlée de crainte et d'angoisse. La délivrance de Lille semblait encore très problématique, ou du moins assez lointaine. Et puis, à quels excès les Barbares ne se livreraient-ils pas, lorsqu'ils seraient forcés d'abandonner leur conquête ?

Une pensée, néanmoins, soutenait les espoirs du jeune lieutenant et redoublait son courage. C'était la pensée qu'il appartenait à cette 5ᵉ armée britannique, qui, sous le commandement du général Birdwood, occupait le front situé devant la ligne Lens-Armentières et se trouvait orientée en direction générale de Lille.

Que les Allemands cédassent enfin sous la poussée de cette armée, et la grande cité française se trouverait sur sa route. Ainsi, Willie Simpson avait l'impression qu'il luttait directement, non seulement pour la grande et sainte cause de la civilisation, qu'il avait adoptée avec enthousiasme, mais encore pour la délivrance de la petite dactylo qu'il aimait, et pour le triomphe définitif de cet amour...

Tels étaient les sentiments qui l'agitaient, tandis qu'il apprenait à Charlie là résolution prise par son père de ne plus s'opposer à son union avec Nelly Targett.

Et Charlie, tout en manifestant son contentement, songeait, lui aussi, aux causes d'anxiété qui assombrissaient la grande joie de son ami.

Cependant, il le réconforta du mieux qu'il pût, répondant aux objections que celui-ci formulait ou à celles que lui-même devinait, par des arguments qui n'étaient pas sans valeur.

— La victoire des Alliés en Belgique et l'avance de nos propres troupes vers Cambrai, qui va tomber incessamment, lui dit-il, ont créé, dans le secteur de la 5° armée, une vaste poche, que nous enserrons de trois côtés; il y a de fortes chances pour que, dans un avenir prochain, elle soit réduite, comme l'ont été les autres. Or, Lille est dans cette poche...

— Certes, répondit Willie, le jour de la libération de Lille est peut-être prochain... Mais qui sait dans quel état la laisseront les Huns et combien de victimes y feront l'incendie, le pillage et les dernières manifestations de leur rage? Voyez ce qu'ils ont fait de Saint-Quentin.

— Vous ne connaissez pas les Allemands, mon cher Willie; ils ont pillé, incendié, assassiné, tant qu'ils ont eu l'espoir que la victoire justifierait, selon leur conscience de primitifs, toutes ces exactions. Quand ils sentiront vraiment le vent de la défaite — et l'abandon de Lille en sera pour eux le présage — ils n'oseront plus. Ils ne respectent que la force. Devant la force nettement affirmée, ils s'agenouilleront.

— Je voudrais vous croire, Charlie... Mais n'emmèneront-ils pas en captivité une partie de la population, ainsi qu'ils ont fait tant de fois, contrairement aux lois de la guerre. Déjà, on annonce, de Hollande, que l'ennemi aurait commencé l'évacuation de la population lilloise...

— Bah! On ne vide pas aussi aisément qu'une bourgade, une ville de plusieurs centaines de milliers d'habitants. Et votre chère Nelly, qui s'est montrée, durant quatre années, si intelligente et si ferme, saura bien se tirer de ce mauvais pas. Je gage que vous la retrouverez, toute heureuse et toute vaillante. Acceptez-vous le pari?

— Oh! je souhaiterais trop de le perdre, répondit, en souriant malgré lui, le fiancé de Nelly Targett...

L'heure avançait et Willie Simpson avait quitté son ami pour aller rejoindre son poste.

Encore un vigoureux shake-hand, et les deux lieutenants se séparèrent.

———❋———

## II

## L'ennemi se retire

EN arrivant au secteur qu'occupait son unité, auprès du village de Neuve-Chapelle, c'est-à-dire à environ dix kilomètres au sud-ouest d'Armentières et cinq kilomètres au nord du canal de La Bassée, Willie Simpson fut salué par les exclamations joyeuses de ses camarades.

Il revenait de Londres, portait en lui comme un peu de l'air du pays, et il semblait aux officiers aux côtés desquels il venait reprendre sa place, qu'ils étaient moins éloignés de leur chère cité, parce que celui dont ils serraient la main venait d'y passer quelques jours.

Quand il eut répondu aux multiples questions dont il fut tout d'abord assailli, il interrogea à son tour:

— Et ici, que se passe-t-il?

— Rien de bien saillant, lui répondit l'officier qui commandait le peloton immédiatement voisin du sien. Des attaques locales de part et d'autre, des coups de mains, des reconnaissances... Cependant, le Hun se montre très nerveux depuis ce matin et gaspille ses obus sans grand dommage...

— Je m'en suis aperçu, mon cher Domby, interrompit Willie; car, pour arriver jusqu'à l'entrée des boyaux, j'ai dû cheminer constamment dans les fossés de la route, celle-ci étant violemment marmitée.

— Certains prétendent, reprit Domby, que cette nervosité serait le présage d'une offensive possible...

— Ils n'y entendent rien, Domby, ceux qui disent cela, fit alors un capitaine. Les Allemands qui tiennent encore devant nous, et que l'armée Plumer déborde au nord et l'armée Horne au sud, ne peuvent préparer aucune attaque dans ce secteur. Je parierais ma solde contre un penny que cette débauche de munitions va servir, au contraire, à couvrir un repli...

— Puissiez-vous dire vrai, capitaine! s'écrièrent à la fois Simpson et Domby

Ayant pris contact avec ses camarades, Willie se rendit au milieu de ses soldats, qui ne l'accueillirent pas moins chaleureusement, car ils l'aimaient fort, pour sa bravoure éprouvée, son sang-froid qui ne se démentait jamais, et aussi pour la sympathie naturelle qui rayonnait de sa juvénile personnalité.

Le sergent qui avait commandé le peloton en son absence, et qui était un vétéran des guerres coloniales, au front ridé et aux moustaches grises, lui vint rendre compte des menus événements qui avaient marqué la vie intérieure du peloton pendant la permission du chef.

Ce sergent se nommait Trubley. Son manque d'instruction générale l'avait seul empêché de parvenir à un grade supérieur. Au début de la campagne, il avait bien un peu murmuré en constatant qu'il était sous les ordres de ce « jeune boutiquier », improvisé officier; mais quand il avait vu le jeune boutiquier à l'œuvre, il avait fait taire ses rancœurs, et il était devenu, peu à peu, un admirateur passionné de la témérité de son lieutenant.

Willie lui serra la main affectueusement (p. 6).

Willie lui serra la main affectueusement et s'entretint amicalement avec lui, puis le félicita sur la manière dont il avait commandé en son absence.

En sa compagnie, il parcourut le secteur propre du peloton, échangeant quelques mots affectueux avec chaque sentinelle, considérant, à travers les créneaux, la plaine où étaient creusées les tranchées allemandes, désignant les patrouilles qui devraient être faites pendant la nuit, précisant à chaque patrouilleur, d'après les ordres que lui-même avait reçus du captain, la mission qu'il aurait à accomplir.

Trubley était de l'avis du captain quant à un repli prochain de l'ennemi dans le secteur de la 5e armée. Willie, qui connaissait et appréciait le flair, l'expérience et le bon sens de son subordonné, se réjouissait de cette perspective qui laissait le champ libre à de vastes espoirs.

— Le vieux Birdwood pense certainement ainsi, ajouta le sergent en clignant de l'œil, et je suis sûr que ses dispositions de poursuite sont déjà prises. »

Trubley, on ne savait pourquoi, appelait toujours le général en chef de la 5e armée: « le vieux Birdwood », bien que lui-même eût au moins le même âge que ce général.

Peut-être mettait-il, dans cette épithète, une intention de respectueuse affection et de confiance entière.

En l'occurrence, d'ailleurs, sa confiance n'était pas en défaut, et l'on devait savoir, par la suite, que le « vieux Birdwood » avait bien pris ses dispositions.

Le soir même, en effet, tandis que l'artillerie ennemie, efficacement contre-battue par la nôtre, continuait à arroser les positions britanniques, sans causer, heureusement, de grands dommages, l'ordre vint aux troupes de première ligne de se préparer à un mouvement en avant.

— J'en étais sûr, jubila Trubley, et ce n'était pas difficile à prévoir... Les Huns nous bombardent tant qu'ils peuvent, mais c'est seulement avec leurs 77, qui ne valent pas grand'chose, et leurs minenwerfer légers, qui ne valent guère mieux. Il n'est pas besoin d'avoir étudié les œuvres de sir Conan Doyle, pour en déduire que leurs grosses pièces sont déjà en route vers l'arrière et que c'est une artillerie d'arrière-garde qui tire sur nous.

La justesse de cette observation frappa Simpson, qui s'étonna de ne pas avoir fait lui-même une déduction aussi simple. Il admira que cet humble sergent y eût songé avant lui.

Les ordres du général en chef, qui, renseigné par son service d'aviation, savait à quoi s'en tenir sur les dispositions de l'ennemi, confirmaient donc pleinement les raisonnements du sergent Trubley.

Durant toute la nuit, les patrouilles britanniques se montrèrent fort actives, gardant, avec l'ennemi, un contact permanent, qui se traduisait par une série de vives fusillades, auxquelles se mêlait parfois le tac-tac des mitrailleuses.

De forts détachements tenaient encore les tranchées allemandes, quels que fussent les mouvements exécutés à l'arrière de ces tranchées, et, partout, les patrouilleurs se heurtèrent à des positions solidement occupées.

Mais, au petit jour, tandis que les avions anglais s'en allaient en observation au delà des lignes, quelques soldats s'avancèrent jusqu'aux tranchées avancées allemandes qu'ils trouvèrent vides de leurs derniers défenseurs.

La nouvelle se répandit comme une traînée de poudre: « L'ennemi se retire! ».

———————————

## III

## Dans la direction de Lille

CE fut donc le 2 octobre au matin que les Allemands commen-
cèrent à exécuter, au nord et au sud du canal de La Bassée,
le large mouvement de repli auquel les obligeaient à la fois
la menace directe de la 5ᵉ armée et la menace d'encerclement des
armées Plumer au nord et Horne au sud.

Les avant-gardes de la 5ᵉ armée et, notamment, le régiment de
Willie Simpson s'employèrent immédiatement à maintenir le contact avec l'ennemi en retraite, en harcelant ses arrière-gardes, qui
devaient s'efforcer de retarder la poursuite.

Les Britanniques avaient, pour les stimuler dans cette tâche,
l'ivresse de la victoire, la supériorité de l'assaillant sur le défenseur,
et l'idée de l'importance de l'enjeu encore lointain, mais qui n'était
autre que la conquête de Lille.

Cette pensée enfiévrait tout particulièrement Willie Simpson.

Le jeune lieutenant avant de sortir de la tranchée, à la tête
de son peloton, pour commencer la périlleuse et pénible poursuite,
ouvrit son portefeuille, contempla, durant quelques secondes, la photo
d'une jeune fille, et murmura : « Nelly, chère petite chose... »

Puis, ayant porté le portrait à ses lèvres, il remit le portefeuille
dans sa poche, releva la tête, les yeux brillants d'un ardent enthousiasme, commanda: « En avant! », et s'élança le premier.

Les anciennes tranchées allemandes ayant été franchies sans coup
férir, l'unité à laquelle appartenait Willie se trouva devant un village en ruines, d'où partit soudain une rafale de balles de mitrailleuses.

D'un seul mouvement, les Britanniques se jetèrent à plat-ventre.

La décharge subite fit cependant quelques victimes dans le peloton de Willie Simpson, qui en éprouva une violente colère et un
réel chagrin. D'après sa carte, ce village se nommait Auber.

Il ne fallait point s'y éterniser, sous peine de perdre le contact
qu'il importait de conserver avec les troupes ennemies.

D'un coup d'œil, le captain de la compagnie de Willie avait jugé la situation. Il était inutile d'essayer d'approcher du village par la route, que les mitrailleuses prenaient d'enfilade.

Mais, tout autour de l'agglomération des maisons, il y avait des champs, des vergers, dans lesquels on pouvait progresser en marche rampante sans être vu.

Quelques ordres brefs furent transmis de bouche en bouche, et chaque peloton, convenablement égaillé, se dirigea, respectivement, en rampant sur la terre grasse, vers un point fixé de la périphérie du village.

Willie et ses hommes arrivèrent ainsi à l'extrémité d'un verger, à une cinquantaine de mètres d'un mur de faible hauteur, derrière lequel se dissimulaient assurément des mitrailleurs allemands.

L'espace qui restait à parcourir pour atteindre ce mur était complètement découvert. Certes, quelques bonds suffiraient pour le traverser, mais combien d'hommes arriveraient vivants à l'obstacle?

Pourtant, Willie se préparait à bondir et à entraîner ses soldats avec lui, lorsque le sergent Trubley, qui s'était glissé jusqu'à ses côtés murmura à son oreille: « Smith and Milk... ».

Cette indication suffit à changer le projet téméraire de l'officier en un plan beaucoup plus sage. Il avait, dans son peloton, deux soldats, nommés Smith et Milk, qui étaient les champions incontestés du lancement de la grenade pour toute la division.

Chacun d'eux atteignait soixante-dix mètres en jet libre, et, actuellement, en lançant l'engin sans se relever, malgré les difficultés du tir couché, ils pourraient aisément placer leurs grenades au mur qu'il s'agissait d'atteindre.

D'un bref serrement de main, Willie Simpson remercia son sergent du conseil qu'il lui donnait, et fit venir Smith et Milk auprès de lui, à quelques mètres en avant du reste du peloton.

Une minute plus tard, les grenades commençaient à pleuvoir comme grêle au delà du mur, sans que les occupants de la position pussent discerner d'où elles venaient.

Tout d'abord, une violente décharge des mitrailleuses ennemies répondit à cette brusque agression, et Willie entendit les balles siffler à quelques pouces au-dessus de sa tête; mais les deux grenadiers n'en continuèrent pas moins à jeter leurs engins, sans quitter la position couchée qui était leur seule sauvegarde.

Peu à peu, l'intensité du tir des mitrailleuses décrut; sans doute, les Allemands, sous l'action répétée des grenades, s'étaient-ils terrés, abandonnant, pour un temps, leurs pièces.

L'instant était favorable. Willie fit cesser le jet des grenades et se dressa soudain, le revolver au poing et la canne haute, en hurlant : « En avant! » Puis, il bondit vers le mur, suivi de tous ses soldats qui brandissaient leurs baïonnettes.

En quelques secondes, le mur fut atteint et franchi; quelques mitrailleurs se rendirent; les autres furent cloués sur leurs pièces.

Du même élan, le peloton de Willie Simpson pénétra au cœur du village, en dépit des balles qui sifflaient à travers les rues.

En même temps, le reste de la compagnie abordait l'agglomération sur trois autres points.

Après une courte lutte, le village d'Auber resta aux Britanniques, qui y cueillirent une centaine de prisonniers.

Puis, laissant aux unités suivantes le soin d'achever le nettoiement complet de leur conquête, les Anglais poussèrent vers l'Est, en direction générale de Lille qu'ils apercevaient dans le lointain, à moins de douze kilomètres.

## IV

## La prise d'Haubourdin

LE mouvement de repli de l'ennemi était plus large encore qu'on ne l'avait cru tout d'abord. Il s'étendait sur un front de près de trente kilomètres, constituant tout le fond de la poche dont nos troupes cernaient trois côtés.

Depuis Lens jusqu'à Armentières, les Allemands évacuaient les positions fortement organisées qu'ils tenaient depuis le début de la guerre de tranchées et qu'ils avaient défendues jusqu'alors avec la dernière résolution.

Ce mouvement était étroitement suivi par les troupes britanniques, qui bousculaient les arrière-gardes ennemies, leur infligeant des pertes sérieuses et leur enlevant des prisonniers. Le combat de détail qui s'était déroulé à Auber, et auquel le peloton de Willie Simpson avait pris la part que l'on a vue, n'était qu'un épisode de cette laborieuse poursuite.

Sur tout le front, en effet, l'ennemi, dans le dessein d'opérer sa retraite posément, par échelons, avait établi de solides centres de résistance, tenus par de fortes garnisons, dont les Britanniques avaient eu cependant raison.

Dans la soirée du 2 octobre, l'avance générale de ceux-ci, dans ce secteur, atteignait déjà cinq kilomètres; la ville de La Bassée était largement dépassée.

Le 3 octobre, à l'aube, l'aile droite anglaise entrait dans Armentières, tandis que l'aile gauche, ayant chassé les Allemands de Lens, pénétrait dans cette ville et continuait sa progression vers l'Est.

Les jours suivants, cette progression s'affirma sur tout le front, malgré la pluie qui s'était mise à tomber, malgré la boue, malgré la résistance tenace de l'ennemi.

Au cours de ces combats quotidiens, Willie Simpson risqua vingt

Que d'interrogatoires humiliants et torturants elle avait subis !
(p. 14.)

fois la mort. Chaque accident de terrain était le théâtre de luttes épiques, mais sa conquête avait pour but immédiat une avance importante.

Les automobiles blindées, la cavalerie et les tanks précédaient l'infanterie, lui frayant le passage, préparant son action ; les avions britanniques livraient bataille aux escadrilles ennemies, mitraillaient à bout portant les colonnes allemandes en retraite, bombardaient les gares, les stations-magasins et les points de rassemblement des Boches.

Ainsi, tous les organes de la 5ᵉ armée britannique concouraient harmonieusement à cette poursuite, de même que les autres armées concouraient à rendre la retraite allemande plus précipitée en précisant leur menace sur les flancs de l'ennemi, l'armée Plumer, au nord, en progressant dans les Flandres, et l'armée Horne, au sud, en se rapprochant de Douai.

Willie Simpson, les yeux fixés sur les monuments qui s'estompaient dans le lointain et qui étaient ceux de Lille, constatait chaque jour, avec une joie pure, que leurs contours devenaient plus précis et que diminuait le chemin à parcourir pour les atteindre.

Le 14 octobre, deux nouvelles arrivèrent, qui excitèrent un vif enthousiasme : les Français avaient pris Laon, et les Britanniques s'étaient emparés d'un faubourg de Douai.

Le même jour, le régiment de Willie Simpson prenait et dépassait Erquinghem, approchait du canal de Douai à Lille, touchait à Haubourdin, à trois kilomètres au sud-ouest de cette dernière ville.

Le désarroi de l'ennemi grandissait et sa retraite semblait croître en rapidité. La cause en était simple; en même temps que la menace par le sud se faisait plus angoissante du fait de la prise prochaine de Douai, la menace par le Nord était plus lancinante encore, l'armée Plumer ayant pris Menin et Verwicq et ayant franchi la Lys, pesant ainsi lourdement sur le saillant de la région lilloise.

Un à un les villages au sud, au sud-ouest et à l'ouest de Lille tombaient aux mains des Anglais.

L'adversaire s'éclipsait en toute hâte, résistant de moins en moins à notre poussée victorieuse.

Le 15 octobre, le régiment de Willie Simpson se rua sur Haubourdin, dont il était séparé par le canal, que, jusqu'à ce jour, l'ennemi avait tenu âprement.

Mais, cette fois, la retraite devenait une fuite; on put rétablir, sans être trop gêné, le pont que les Allemands avaient fait sauter avant leur départ, et les Britanniques entrèrent triomphalement dans Haubourdin, où ils ne trouvèrent que les civils, cachés dans les caves, et qui leur firent fête, en leur confirmant que l'ennemi s'enfuyait en toute hâte.

La délivrance de Lille était proche.

Le soir du 15 octobre, le peloton de Willie Simpson fut établi, en petit poste, au nord-est d'Haubourdin, sur la route qui mène à Lille et qui longe le canal.

Quand il eut placé ses sentinelles et qu'il eut envoyé à son captain le rapport réglementaire sur l'établissement du petit poste, le jeune officier, assis sur le bord du chemin, adossé à un arbre, les yeux fixés vers la masse sombre qui se dressait dans la nuit et qui était la grande cité, se mit à rêver.

— M'est avis, dit une voix auprès de lui, que le « vieux Birdwood » est en train de chercher dans sa cantine son plus bel uniforme pour faire son entrée triomphale dans Lille...

Willie tressaillit, comme éveillé en sursaut.

— Ah! c'est vous, mon cher vieux Trubley, dit-il... Je crois, comme vous, que la prise de la ville n'est plus qu'une question d'heures; mais je songe que, peut-être, en ce moment même, les Huns se préparent à l'incendie et au pillage...

— Avez-vous lu le *Times*? interrompit le sergent.

— Non... Mais quel rapport?

— C'est que je l'ai lu, moi, expliqua Trubley. Un agent de liaison me l'a apporté du quartier général de la division. J'y ai vu que le Président Wilson, répondant à la demande d'armistice des Huns, a déclaré que les atrocités et les violations du droit des gens sont le principal obstacle à la paix. Les Huns sont aux abois; ils auront peur de ne point voir se réaliser l'armistice qu'ils implorent, et ils *n'oseront* pas brûler Lille...

Cette similitude entre l'opinion exprimée par le brave sergent et les paroles qu'avait prononcées, deux semaines plus tôt, son ami Charlie Sarford, frappa Willie et fit naître en lui le radieux espoir d'entrer bientôt dans Lille intacte et d'y retrouver, saine et sauve, la vaillante petite dactylo à qui il voulait donner son nom.

## Sous le joug allemand

TANDIS que Willie Simpson, auprès d'Haubourdin, regardait Lille en songeant à Nelly Targett, la jeune fille, captive dans la ville occupée, songeait à Willie Simpson, sans se douter qu'il était aussi près d'elle.

Lors du bombardement qui avait précédé l'entrée des Allemands le 12 octobre 1914, qui mit le feu à 1.200 maisons, Nelly avait montré un courage admirable, s'offrant volontairement pour soigner les blessés et se dévouant à cette tâche.

Puis, le 13 octobre, Lille étant occupée, la fabrique déserte et les bureaux vides avaient été réquisitionnés par les Allemands; des troupes cantonnèrent dans la fabrique; l'état-major d'une brigade s'installa dans les bureaux.

Nelly, hautaine et sereine, avait su se faire respecter, même par les pires brutes, et avait obtenu que les machines fussent laissées en place, que les bâtiments ne fussent pas détériorés, que les papiers et les registres ne fussent pas brûlés.

Au risque de sa vie, elle avait dissimulé, dans une cachette creusée dans le jardin, une forte somme en or, appartenant à la maison, et n'avait laissé dans les coffres qu'un peu de numéraire, qui fut, d'ailleurs, immédiatement saisi par l'envahisseur.

Que d'interrogatoires humiliants et torturants, elle avait subis! A quelles scènes effroyables elle avait assisté! Quelles misères et quelles privations elle avait endurées!

Dès le début de l'occupation, sa nationalité anglaise avait attiré sur elle l'attention haineuse des autorités allemandes.

Elle avait dû entendre, sans sourciller, les injures les plus basses que proféraient, contre son pays, ces conquérants brutaux; tout d'abord, des railleries lourdes et grossières sur la « méprisable petite armée britannique »; puis des manifestations de rage contre la petite armée devenue grande et forte.

Ayant conservé son logement à proximité de la fabrique, elle était en contact presque perpétuel avec les Allemands, qui prononçaient, sur son passage : « Gott strafe England » (1).

Pour arriver à ce que la fabrique ne fût point dévastée, elle avait dû lutter contre le mauvais vouloir des envahisseurs, en appeler jusqu'au gouverneur militaire de la ville, qui l'avait d'abord reçue avec une hostilité méprisante; mais qui, peu à peu, dominé par cette nature énergique et fine, lassé par cette ténacité sereine, avait fini par céder.

Des persécutions d'un autre ordre, plus odieuses encore que les manifestations de haine, ne lui avaient point manqué. Sa beauté ne pouvait passer inaperçue dans ce milieu de conquérants fous d'orgueil; mais le calme dédaigneux qu'exprimaient ses yeux clairs avait arrêté sur la bouche des plus hardis les déclarations commencées. Un officier bavarois, pourtant, lui avait offert de l'épouser, ne doutant pas qu'il lui faisait ainsi un grand honneur; d'une voix basse, elle avait prononcé, avec une âpre énergie :

— J'aimerais mieux être morte.

L'officier avait pâli, porté la main à son revolver, hésité une seconde; puis, dompté par ce regard limpide, il avait tourné les talons en mâchonnant des injures.

Elle avait eu d'autant plus de mérite à se montrer aussi courageuse, qu'elle avait vu, maintes fois, commettre de véritables assassinats pour les motifs les plus futiles.

Un jour que des jeunes gens de Lille avaient été réunis de force à la kommandantur pour être employés comme travailleurs aux ouvrages allemands, la sœur de l'un d'eux voulut remettre à son frère un morceau de pain. Un gendarme l'en empêcha, et la

—————————————

(1) Dieu punisse l'Angleterre!

jeune fille protesta. Feignant de voir, dans cette protestation, une menace, le gendarme abattit la malheureuse d'un coup de revolver.

Miss Nelly était présente; elle savait donc ce qui l'attendait lorsqu'elle bravait, presque chaque jour, l'hostilité de ses persécuteurs. Néanmoins, elle était restée ferme en son dessein de faire respecter la fabrique qu'elle s'était donné la tâche de garder, et de se faire respecter elle-même.

Le grotesque le disputait au terrible; un brave homme, qui demeurait dans le voisinage de Nelly, fut un jour puni de quatre jours de prison pour « insulte à un cheval allemand »!

En 1918, Nelly courut un grand danger. En violation flagrante du droit des gens, des femmes et des jeunes filles de la ville furent enlevées par les Huns et emmenées en otages. Ce fut une scène effroyable. Les rues étaient garnies de mitrailleuses, pour enrayer, d'avance, toute velléité de résistance; en pleine nuit, la soldatesque allemande pénétra dans les maisons, arracha au sommeil les femmes et les jeunes filles désignées par leurs chefs, restant dans leurs chambres à coucher pendant leur toilette. Puis, elles furent entassées dans des wagons à bestiaux et envoyées vers l'Allemagne...

Le lendemain, le même officier qui avait fait à Nelly l'injurieuse proposition de l'épouser, l'aborda, comme elle traversait la cour de la fabrique et lui dit :

— Miss Targett, c'est à mon intervention que vous devez de n'avoir point été enlevée comme otage. M'en saurez-vous quelque gré?

— Je ne saurai jamais gré de quoi que ce soit aux ennemis de mon pays, répondit fièrement la petite dactylo.

Puis, tournant le dos à l'officier, elle s'éloigna.

Cette fois encore, le Bavarois devint blême et saisit son revolver. Cette fois encore, il n'osa...

Avait-il menti en affirmant qu'il avait sauvé miss Nelly de l'infâme enlèvement?... Peut-être que non...

Herr Groeber, hauptmann (1) aux lanciers bavarois, était bien en effet, le représentant de cette race hypocrite, où se mêlent cyniquement une cruauté froide et une sentimentalité niaise. Il était de ceux qui pillent et assassinent sans cesser de cultiver la « petite fleur bleue ». En réalité, le charme de Nelly avait produit sur harr Groeber une impression profonde et il était possible que ce sentiment eût été cause, chez lui, d'un bon mouvement.

D'ailleurs, ce qu'il inspirait à la jeune fille, c'était une horreur mélangée de dégoût, non seulement à cause de sa nationalité, mais aussi à cause d'une scène à laquelle elle avait assisté et qui l'avait fait frissonner d'indignation.

Un jour, en effet, les Boches, ayant pillé une maison dont les

_______________

(1) Capitaine.

habitants avaient commis quelque peccadille, y mirent le feu. Herr hauptmann Grœber dirigeait cette opération, en présence de Nelly, toute frémissante, parmi une foule affolée.

Les pompiers de la ville, appelés en toute hâte, accoururent.

Mais herr Grœber, consultant sa montre, leur déclara, avec une lourde ironie :

— L'eau est arrêtée; elle ne sera rendue que dans une heure. Alors, vous pourrez revenir...

Elle le vit, une autre fois, ce Grœber, donner l'ordre de châtier un Français qui avait refusé de travailler pour l'ennemi, et ce châtiment, d'une barbarie incroyable, consista à attacher le délinquant, nu jusqu'à la ceinture, à un arbre du boulevard. On était alors en plein hiver...

Des jeunes filles de la ville furent enlevées par les Huns et emmenées en otages (p. 15).

Car, à chaque instant, des hommes, des enfants, des vieillards recevaient l'ordre, sous peine des punitions les plus rigoureuses, d'aller travailler pour les Allemands, non pas pour se livrer à des labeurs autorisés par la Convention de Genève, mais pour construire des abris ou transporter des munitions, à proximité des lignes, si bien qu'un grand nombre de Français furent blessés ou tués par la mitraille française!

Donc, Nelly avait, pour le hauptmann, une répugnance extrême. Sa vue lui était pénible; son sourire mielleux la froissait intimement; ses paroles, d'une courtoisie parfois exagérée, lui donnaient la nausée.

Quand elle se trouvait seule, dans sa chambre, elle s'évertuait à oublier ce visage détesté, en contemplant longuement l'image de Willie, et la vue de ses traits qui exprimaient la loyauté, la douceur et l'élévation de pensée, étaient son meilleur, son seul réconfort.

Elle n'avait, en effet, d'autre encouragement d'aucune sorte, restant sans nouvelles des siens, sans nouvelles exactes non plus de la situation générale. Pas d'autres journaux en ville que les journaux allemands, ou que cette ignoble *Gazette des Ardennes*, rédigée par un Français, et dont les articles constituaient une trahison quotidienne.

Toujours la situation des Alliés était dépeinte sous l'aspect le plus noir, leurs pertes considérablement exagérées. La guerre sous-marine était représentée comme un véritable triomphe pour l'Allemagne; à lire ces feuilles mensongères, les pays de l'Entente étaient affamés et devaient bientôt être réduits à merci.

Herr Grœber se plaisait à annoncer, constamment, à la jeune fille, des victoires allemandes, prédisait, à brève échéance, la défaite complète des Alliés.

Il lui donnait les détails les plus raffinés sur les massacres faits en Angleterre par les raids aériens, exaltait les exploits des bandits qui les exécutaient, représentait comme les prouesses les plus chevaleresques ces assassinats d'enfants et de femmes.

Pourtant, il circulait maintenant dans Lille un journal de tout petit format, qui s'intitulait *Patience*, et où quelques patriotes s'efforçaient de rétablir, d'après les informations qui transpiraient, la réalité des faits.

L'oppresseur enrageait de savoir que cette feuille paraissait toujours, en dépit des perquisitions les plus minutieuses dans toutes les imprimeries. Quiconque était pris avec un exemplaire de *Patience* était sévèrement et cruellement puni.

A ces misères morales s'ajoutaient des privations d'ordre matériel.

Le ravitaillement se faisait par l'intermédiaire des Allemands, et ceux-ci, ajoutant à la hausse déjà considérable des tarifs, une hausse factice, en profitaient pour assouvir leurs instincts de rapacité.

C'est ainsi que le kilogramme de viande de bœuf atteignit le prix de 46 francs; le beurre monta à 60 francs le kilogramme, le café à 90 francs, le sucre à 26 francs, la farine à 22 francs, le pain blanc à 20 francs!

Nelly eut tôt fait de dépenser ses modestes économies, et dut se livrer, pour subsister, à des besognes serviles.

Mais elle ne perdit rien de sa fierté ni de sa distinction native.

Sa beauté s'était même affinée par les privations; ses yeux clairs brillaient davantage dans sa figure émaciée et pâlie, qu'auréolaient les magnifiques cheveux d'or.

Grœber, à différentes reprises, lui offrit de l'aider en lui faisant obtenir des denrées au tarif militaire; toujours elle refusa avec mépris...

Cependant, à mesure que la guerre se prolongeait, la détresse des Lillois ne faisait que s'aggraver.

Parfois, Nelly voyait passer des convois de prisonniers anglais, hâves, affligés, épuisés, et elle frémissait en songeant au sort odieux qui les attendait, dans les camps allemands.

Au début d'octobre 1918, un certain remue-ménage se fit dans la ville. Des colloques secrets s'échangeaient à la kommandantur-

Il y avait, entre les états-majors, des allées et venues mystérieuses. Les officiers semblaient avoir perdu de leur morgue, tout en redoublant de brutalité.

D'ailleurs, en dépit des précautions prises par l'autorité militaire allemande, les nouvelles sur la situation des armées commençaient à être connues. On savait que l'ennemi était battu partout, que les Bulgares avaient abandonné leurs complices et s'étaient rendus à merci. Les journaux allemands eux-mêmes trahissaient une sourde inquiétude, qui allait devenir de l'affolement.

Le 3 octobre, tous les adolescents, à partir de quinze ans, et tous les hommes jusqu'à l'âge de cinquante-cinq ans, furent emmenés de force par l'ennemi vers Tournai, d'où ils devaient être expédiés à l'intérieur de l'Allemagne.

Le bruit courait avec persistance que cette évacuation était le prélude de l'abandon de Lille par l'ennemi, et une joie folle, que l'on n'osait manifester, régnait dans tous les cœurs.

Beaucoup des évacués parvinrent, d'ailleurs, à s'échapper en cours de route et à regagner Lille, où ils trouvèrent des cachettes sûres, malgré les instructions impitoyablement sévères de l'autorité militaire.

Quelques jours s'écoulèrent. Le bruit du canon se rapprochait. On voyait passer, dans la ville, des colonnes imposantes de régiments allemands, se dirigeant vers l'arrière.

Puis on apprit, par les journaux allemands eux-mêmes, la demande d'armistice adressée au Président Wilson par l'Allemagne, l'Autriche-Hongrie et la Turquie.

Ce fut une explosion de joie telle que beaucoup d'habitants ne purent cacher leur contentement; mais, à la grande surprise des Lillois, l'autorité allemande ne sévit point. Ils interprétèrent avec raison cette longanimité comme une marque de faiblesse et s'en réjouirent doublement.

L'ennemi, d'ailleurs, commençait ses préparatifs de départ en procédant à l'enlèvement de ce qui restait d'objets précieux dans la ville.

Des réquisitions et des dévastations nouvelles éprouvèrent encore les habitants, déjà si rudement frappés. Le total énorme des impôts de guerre levés par l'envahisseur s'accrut; il atteignit près de 200 millions, sans compter la part payée par les communes avoisinantes. -

Tout ce qui restait de chevaux dans la ville fut emmené, même ceux de l'administration des pompes funèbres, même les trois chevaux servant aux expériences de l'Institut Pasteur!

Le gouverneur allemand, Herr von Graevenitz, installé jusqu'alors à la Préfecture, quitta ce logis en prétextant qu'il allait s'installer ailleurs.

Avec une hypocrisie inimaginable, il se fit donner acte qu'il laissait le mobilier intact, et, lorsque cette formalité fut accomplie, des soldats s'en vinrent, sur son ordre, opérer le « déménagement » de la Préfecture, qu'ils pillèrent effrontément et où ils ne laissèrent pas un seul objet de valeur.

Dans le même esprit, la kommandantur faisait afficher, dans les cantonnements, des avis ainsi conçus : « Défense de piller ; l'enlèvement sera organisé. » Et Nelly, en les lisant, se disait avec horreur que, si le pillage individuel était interdit, la destruction méthodique serait sans doute pratiquée sur une grande échelle...

Et ce fut bien ce qui se produisit. Les habitants des faubourgs ayant été arrachés à leurs foyers et entassés dans le centre de la ville par ordre de la kommandantur, les soldats procédèrent au pillage régulièrement organisé, déménageant, pour l'expédier outre-Rhin, la literie, la vaisselle et les meubles.

Puis ils fracassèrent les vitres, brisèrent à coups de marteau les devantures des boutiques, les panneaux, les glaces, tout ce qui était fragile et qu'ils ne pouvaient cependant emporter.

Le musée fut complètement dévalisé. Les tableaux, les objets d'art, les pièces d'orfèvrerie, et jusqu'aux statues de bronze, furent expédiés en Allemagne.


## VI


## La délivrance


DANS la nuit du 16 au 17 octobre, toutes les troupes allemandes encore présentes dans la ville furent alertées et rassemblées en tenue de départ.

Les habitants, brutalement éveillés, reçurent l'ordre de se mettre immédiatement à la disposition de la kommandantur. Nelly, habillée à la hâte, suivit la foule, par les rues obscures. Partout, elle observa les rassemblements de soldats. Elle se demandait avec angoisse ce que signifiait cette nouvelle exigence de l'oppresseur et ce déplacement insolite de forces.

A quatre heures du matin, l'ordre fut donné à tous les civils de sortir de la ville et de se diriger vers les troupes britanniques, tandis que les Allemands évacueraient la ville.

C'était donc vrai! Ils partaient! Le cauchemar affreux qui durait depuis quatre ans était enfin terminé!

Tandis que les régiments boches s'ébranlaient lourdement dans la direction de l'est, les habitants de Lille, en proie à un enthousiasme frénétique, s'entretenaient en versant des larmes.

Quelques-uns d'entre eux se dirigèrent vers l'ouest, ainsi que l'ordre en avait été donné; mais la plupart rentrèrent dans leurs maisons, se refusant à obéir à ce dernier commandement de l'oppresseur et ayant hâte de voir si le pillage et l'incendie n'allaient pas marquer le départ des Huns.

Nelly Targett fut de ceux-là. Elle revint en toute hâte à la fabrique, avec la crainte lancinante de la trouver en flammes.

Comme elle y arrivait, les derniers soldats allemands quittaient le cantonnement. Herr Grœber les conduisait, en ne leur ménageant ni les injures ni les brutalités.

Il aperçut la silhouette de Nelly et fit le geste de s'avancer vers elle.

Mais un officier supérieur survint, à cheval, et proféra à haute voix des injures contre les traînards.

Grœber reprit sa marche et disparut dans la nuit, tandis que la jeune fille, anéantie par le bonheur, chancelait et devait s'appuyer au mur pour ne point tomber...

Cette prostration fut de courte durée. Ayant retrouvé toute son énergie, Nelly parcourut rapidement la fabrique, constata qu'aucune déprédation n'avait été commise, qu'aucun foyer d'incendie n'avait été préparé, que nul engin suspect n'avait été placé.

Les barbares, se sentant battus, n'avaient pas osé brûler Lille!

Dans le lointain, le bruit rythmique des pas lourds des colonnes allemandes allait en décroissant.

L'aube se levait. Nelly sortit dans la rue, ne croyant pas encore à la réalité de son bonheur. Des milliers de Lillois étaient également sortis. Des exclamations se croisaient, des cris de joie s'exhalaient de toutes les poitrines, des paroles ardentes étaient échangées, avec ce refrain délicieux : « Ils sont partis, ils sont partis! »

Soudain, un bruit de moteur se fit entendre. Tout le monde leva la tête. Un avion arrivait. Il descendit très bas et l'on reconnut que c'était un avion britannique.

Un tonnerre d'acclamations l'accueillit. Chacun agitait un mouchoir, un châle, un lambeau d'étoffe. L'avion plana durant quelques minutes, puis fit volte-face, allant porter sans doute aux armées britanniques la nouvelle de l'abandon de Lille par les Allemands.

Une heure se passa encore dans l'attente...

Il atterrit sur l'esplanade (p. 28).

Soudain, un roulement de tambours se fit entendre dans le lointain. Les Anglais arrivaient.

Déjà, des patrouilles d'avant-garde entraient dans la ville, et les Lillois, en masse, se portaient au-devant d'elles.

En quelques minutes, toutes les rues de la ville se trouvèrent pavoisées aux couleurs françaises. Pendant quatre ans, les habitants courbés sous le joug allemand avaient caché ces lambeaux tricolores, dans l'espoir toujours vivant de les arborer un jour. Et ce jour était venu...

Chacun avait, à la boutonnière ou au chapeau, une cocarde bleu, blanc, rouge. Les femmes portaient d'énormes gerbes de fleurs, destinées aux libérateurs.

L'enthousiasme devenait du délire.

Nelly, elle aussi, portait un bouquet.

Cependant, le bruit des tambours se rapproche. Un régiment britannique entre dans le faubourg ouest de Lille.

La population se porte au-devant de lui, tandis qu'il se dirige vers le centre de la ville.

Des cris de : « Vive l'Angleterre! Vive la France! » retentissent. Tout le monde embrasse les soldats; on rit, on pleure, on chante.

Un groupe d'ouvriers entonne *La Marseillaise;* les officiers anglais saluent du sabre.

Nelly, ivre de joie, s'élance; elle a reconnu les uniformes kaki; elle avise un jeune officier, lui jette ses fleurs, en disant : « For you! » (1).

Mais voici que l'officier s'arrête; une expression d'indicible bonheur anime sa figure mâle, et il dit, d'une voix étranglée :

— Nelly! Nelly! c'est moi!...

— Willie! dit la jeune fille, en reconnaissant son fiancé, et elle s'évanouit...

Nous avons laissé Willie Simpson, au soir du 15 octobre, tandis qu'il venait d'installer son peloton en petit poste au nord-est d'Haubourdin et qu'il contemplait Lille, dont si peu de distance le séparait à présent.

La journée du 16 octobre avait été employée par les Britanniques à briser la résistance des dernières arrière-gardes ennemies qui défendaient encore les approches de la ville.

Quelques rudes combats furent encore livrés; mais on sentait que c'était la fin, et que ces velléités de défense n'avaient pas d'autre but que de permettre au gros des troupes allemandes de préparer sa retraite, qu'une avance rapide des Anglais eût gravement compromise. C'est pourquoi l'ennemi sacrifiait quelques détachements, destinés à ralentir cette avance.

_______________

(1) Pour vous!

Cependant, le soir du 16 octobre, le régiment de Willie Simpson put s'installer à proximité immédiate de Lille, que les autres troupes de la 5ᵉ armée encerclaient en partie, de telle sorte qu'il ne restait plus qu'une seule issue à la retraite allemande.

Au cours de la nuit, les prévisions relatives à cette retraite devinrent des certitudes. Un avion envoyé en reconnaissance — ainsi qu'on l'a vu — les confirma complètement, et, au lever du jour, l'avant-garde, dont faisait partie Willie, entra dans la ville.

C'est ainsi que le jeune homme avait pu être accueilli par sa propre fiancée.

Willie obtint l'autorisation de rester auprès de Nelly, qui, rapidement revenue à elle, échangea avec lui les mots éternels et charmeurs qui disent l'amour heureux...

Cependant, un avion encore arrivait sur la ville.

— C'est un Français! crie-t-on, en reconnaissant la cocarde.

L'avion se rapproche rapidement; il descend; il atterrit sur l'esplanade.

Un capitaine aviateur sort de l'appareil et saute rapidement à terre. Il porte la croix de guerre barrée de quatre palmes.

La foule le reconnaît et les acclamations redoublent. La rumeur devient formidable. C'est un enfant du pays que Lille salue ainsi. C'est le capitaine Delesalle, le propre fils du maire de la cité, qui est venu, par les airs, du front de Flandre, pour être là à la minute suprême de la délivrance de sa ville.

Il se dirige vers la préfecture, en gravit lestement les marches.

Un homme s'avance au-devant de lui sur le perron; c'est le maire lui-même, qui ouvre les bras à son fils et l'embrasse au milieu d'une indescriptible ovation.

Un autre homme surgit, M. Delory, député de Lille, jadis adversaire politique de M. Delesalle fils. Les deux anciens concurrents aux élections s'embrassent aussi, réconciliés dans un même ardent amour : l'amour de la France.

Imp. d'Editions, 9, rue Edouard-Jacques, Paris.

## Epilogue

Roubaix et Tourcoing suivirent rapidement le sort de Lille. Dans toute cette agglomération de riches cités industrielles, plusieurs centaines de milliers de Français, sous le joug depuis quatre ans, furent délivrés. La poche formée entre les Flandres et la région de Douai était entièrement vidée et la 5e armée, sous le commandement du général Birdwood, se préparait à accomplir de nouveaux exploits.

Cependant, une semaine après la délivrance de Lille, un vieux monsieur, d'aspect très confortable, arrivait dans la ville libérée et se rendait immédiatement aux établissements Simpson et fils.

— Miss Targett? demanda-t-il à l'entrée.

— Me voici, dit une voix, et Nelly apparut sur le seuil du bureau, ayant revêtu, comme jadis, sa simple blouse noire de petite dactylo.

Elle regarda le vieux gentleman, rougit furtivement et murmura :

— Oh! mister Simpson!

Le père de Willie la considéra avec bienveillance, puis, ouvrant ses bras, prononça :

— Venez m'embrasser, ma chère fille.

Et l'accolade demandée fut accordée de grand cœur.

Les fiançailles officielles de Willie Simpson et de Nelly Targett furent célébrées au cours de la première permission obtenue par le jeune homme. Ce fut à Lille même, dans la fabrique que Nelly avait défendue contre les déprédations des barbares, que la fête fut donnée.

Charlie Sarford y assistait, et aussi le brave sergent Trubley, qui, après avoir porté un toast à la prospérité du jeune couple, confia à Charlie ses impressions en ces termes :

— M'est avis que le vieux Birdwood lui-même a rarement bu du wisky d'aussi haute qualité que celui que nous venons de déguster...

FIN

N° 128. Collection « Patrie »